E. GOUBERT

ESSAI DE TRADUCTION

DE

QUELQUES POÉSIES

D'ADÉLAÏDE ANNE PROCTER

RENNES
IMPRIMERIE OBERTHUR ET FILS

1880

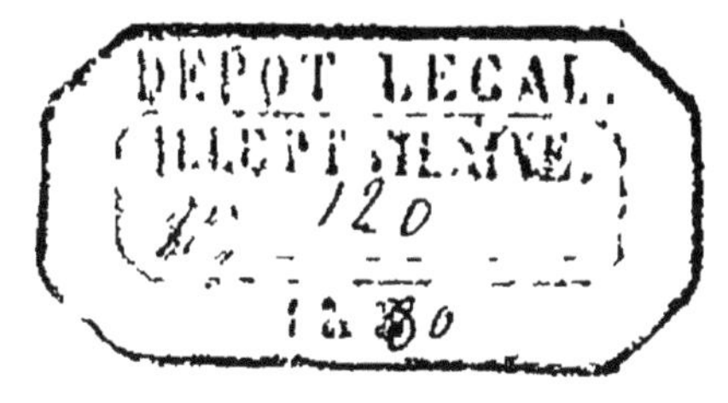

ESSAI DE TRADUCTION

DE

QUELQUES POÉSIES

D'ADELAÏDE ANNE PROCTER

E. GOUBERT

ESSAI DE TRADUCTION

DE

QUELQUES POÉSIES

D'ADÉLAÏDE ANNE PROCTER

A Madame Swainson

« Nos gages d'amour sont pour la plupart des objets barbares, froids, sans âme, parce qu'ils ne rappellent pas notre vie. Le seul don acceptable est une part de nous-mêmes, donc, que le Fermier donne les fruits de sa terre, le Mineur des pierres précieuses, le Marin des coquilles et des perles, le Peintre ses tableaux, et le Poète ses vers. »

(Emmerson' Essay.)

RENNES

IMPRIMERIE OBERTHUR ET FILS

1880

NOTICE

Adélaïde Anne Procter naquit à Londres le 30 octobre 1825. Son amour pour la poésie était si remarquable que dans son très jeune âge elle avait un petit album où ses poésies favorites étaient copiées de la main de sa mère, avant qu'elle sût elle-même écrire ; cet album semble avoir été porté par elle comme une autre petite fille aurait porté sa poupée. Elle montra de bonne heure une mémoire remarquable et une grande facilité de conception. Étant encore enfant, elle apprit avec facilité des problèmes d'Euclide. Quand elle fut plus âgée, elle acquit les langues française, italienne et allemande. Elle devint une pianiste distinguée et montra une certaine habileté dans le dessin. Mais aussitôt qu'elle avait vaincu les premières difficultés de quelque étude, elle avait l'habitude de ne plus y porter de l'intérêt et passait à une autre.

Pendant qu'elle cultivait ses ressources mentales, personne dans sa famille ne soupçonna qu'elle possédât aucun don d'auteur ou l'ambition de devenir écrivain. Son père n'avait aucune idée qu'elle eût jamais essayé de tourner un vers, jusqu'à ce que son premier poème parût imprimé. Lorsqu'elle parvint à l'âge de femme, elle avait lu un nombre considérable de livres, et pendant toute sa vie elle en augmenta largement le nombre.

Elle était naturellement très gaie et elle éprouvait un grand plaisir à le laisser voir. Elle avait la répartie prompte, et montrait une certaine vivacité dans son rire, et un certain sentiment de *drôlerie*. Simple et naturelle, elle gardait une modestie silencieuse au sujet de ses productions, et elle était généreuse avec leurs résultats financiers. Elle inspirait à ses amis un solide attachement : c'était enfin une femme très sympathique.

(Extrait d'une Notice de Charles Dickens.)

HISTOIRE DE L'ANGE

A travers le ciel bleu de frimas tout rempli,
Une nuit de Noël brillait chaque planète;
Des lampes de la ville on était ébloui,
Tant leur éclat luttait avec l'éclat céleste,
Pendant que de la neige au loin s'amoncelaient
Sur terre les flocons que d'un froid vent l'haleine
Faisait tourbillonner et les buissons couvraient,
Cette nuit de Noël était belle et sereine.

Pendant que chaque tour et que chaque clocher
Lançaient au loin leurs airs au son pur et sonore,
Jamais plus gais que quand Noël va s'approcher,
Maints joyeux travailleurs s'animaient plus encore
Pour se dédommager des travaux endurés
Pendant toute l'année. Et l'on vit des coupables
Obtenir leur pardon, des amis séparés
Se réconcilier, des cœurs durs être affables.

Et le riche et le pauvre avaient le cœur heureux.
La joie et l'abondance étaient dans la chaumière.
Aux châteaux, les festins se montraient copieux,
Et la voix des enfants s'entendait vive et claire.
Une maison pourtant montrait l'air attristé;
La douleur éclatait dans les chambres dorées;
Le long de l'escalier, tout en marbre sculpté,
L'on entendait des voix par le deuil effarées.

Un enfant se mourait de grand luxe entouré;
Des tapis de velours d'étonnante richesse
Étouffaient tout bruit sous les pas opéré.
Aucun jouet coûteux cet enfant n'intéresse.
Ses beaux cheveux dorés sur le mol oreiller
Se trouvaient répandus. Pour sauver cette vie
L'art des savants, hélas! n'avait pas su briller,
Arrêter un moment ce souffle qu'on envie.

La douleur de la mère et sa grande amitié
Ne pouvaient ramener une santé perdue.
Elle s'agenouilla presque morte à moitié,
Près du lit, essayant un sourire, éperdue;

Elle lui promettait qu'assurément dans peu
Il ne souffrirait plus, murmurant une histoire
Pour tromper le moment d'un trop affreux adieu.
Et l'on sentit, sans voir, un ange dans sa gloire.

Aussitôt prirent fin les battements de cœur,
Et les cris de l'enfant et ses plaintes cruelles.
Il leva les yeux vers l'objet de sa stupeur,
Mais remplis de bonheur, de surprises nouvelles,
Car un ange planait, souriant, radieux,
Sur le petit berceau. Blanches étaient ses ailes
Comme d'une colombe, et des rayons de feux
Formaient une auréole à ses boucles si belles.

Pendant que l'ange, avec l'amour le plus profond,
S'appuyait sur le nid ou couchait le malade,
Gentiment dans ses bras tenant le moribond,
Le pressant sur son sein, comme en tendre embrassade,
Les sanglots de la mère apprirent que l'enfant
Pleuré, d'un doux repos allait goûter la joie
Dans le sein de son Dieu, heureux et triomphant,
Et l'ange lentement ses deux ailes déploie.

Puis, à travers les airs, l'enfant est emporté,
Appuyé sur son cœur avec un soin extrême,
Après avoir placé des fleurs à son côté,
Des roses une branche, à cet enfant qu'il aime,
Ainsi l'ange parla, souriant tendrement,
Pendant que l'être cher, de son gardien céleste,
Aux roses sur son sein portait un œil charmant,
Mais cependant surpris, d'un air calme et modeste :

« Sache, mon cher petit, que jamais l'Éternel
Un moment dédaigna les choses de la terre ;
Que les bonheurs du pauvre ont leurs échos au ciel,
Ainsi que les douleurs, et si l'amour s'altère
Ici-bas, dans le ciel il vit divin encor. —
Autrefois, dans la ville au-dessous de nous-mêmes,
Dans une triste rue était sans nul confort,
Un orphelin souffrant les maux les plus extrêmes ;

Il ne trouva jamais ni la douce pitié
Ni l'assistance utile à sa marche hésitante,
Aucun tendre intérêt, ni même l'amitié
Aux cœurs endoloris toujours si bienfaisante.

Et la lutte à prévoir, les efforts anxieux,
Que l'âge seul connaît, pesaient sur sa pensée,
Et, bien avant le temps, mettaient devant ses yeux
La page triste et sombre où la vie est tracée.

Si sa nourrice fut le terrible besoin,
Le triste chagrin fut son unique héritage;
Dans les jeux enfantins ne s'étant jamais joint,
Les heures s'écoulaient lugubres davantage;
Sur ses mains appuyant son pauvre front souffrant,
Il passait bien des nuits sans sommeil qui soulage,
Et des rêves fâcheux, souvent persévérant,
Lui montraient des enfants heureux dans leur jeune âge.

D'étrange fantaisie allant toujours rêvant
De fraîcheur des forêts ombreuses et lointaines,
D'enfants roses, charmants, de plaisirs s'abreuvant,
Et rentrant au logis par le milieu des plaines,
Tout chargés de verdure et de bouquets de fleurs.
A peine si du ciel, dans son étroite rue,
On pouvait contempler les brillantes couleurs,
Et de l'été sentir la brise répandue.

Un beau jour de printemps, de son pas incertain,
Il tenta de ramper par la ville, sans guide,
Jusqu'à ce qu'il parvînt aux murs d'un grand jardin,
Où s'élevait l'hôtel de tous le plus splendide.
Là, des arbres géants s'élevaient en beauté;
Des fontaines aux eaux pures et jaillissantes,
Des fleurs aux doux parfums, dans toute leur fierté,
Montraient au pauvre enfant leurs grâces ravissantes.

Sur la porte de fer, pressant son faible corps,
Il regardait avec des yeux remplis de joie
Tous les charmes du lieu que jamais jusqu'alors
Il n'avait contemplés dans sa pénible voie,
Offrant si grande grâce avec tout cet éclat.
Dans ses songes, jamais, rien, rien de si splendide
Ne l'avait captivé, montrant l'art délicat
Qui devant ses regards à tout si bien préside.

Vous, vous étiez jouant avec de belles fleurs,
Riant de voir chacun de leurs légers pétales
Tomber sur vos cheveux fins aux blondes couleurs.
Tous les yeux caressants, des bontés idéales,

Les splendides beautés de ce charmant séjour
Montraient que tout l'espoir d'une chère existence
Était profondément conservé par amour,
En veillant avec soin sur votre douce enfance.

Lorsque vos serviteurs très fatigués de voir
Une telle figure où le mal, la misère
Ne se lisaient que trop unis au désespoir,
Lui donnèrent des sous avec l'ordre sévère
De partir, sur sa face on vit couler des pleurs,
Mais ce chagrin tomba sur votre âme si franche,
Et vivement ému d'un arbre aux rouges fleurs
Vous prîtes aussitôt une splendide branche.

Puis, la faisant passer par le grillage étroit,
Vous lui dites adieu de votre voix charmante.
Ému par cette voix, par la fleur qu'il reçoit,
Dans le cœur de l'enfant que le malheur tourmente,
Se réveilla la joie. Il prit les belles fleurs
Entre ses faibles mains, le doux mot dans son âme,
Oubliant un moment ses cruelles douleurs,
Il ne pensa qu'au bien que son être réclame.

Vers son triste grenier lentement il rampa,
Non plus pauvre, mais riche, et tout rempli de joie;
L'amour, l'espoir si doux, ce rêve l'occupa;
C'est le ciel à l'enfant qui par pitié l'envoie;
Ce cher rêve flottait autour de l'oreiller
Pendant la nuit d'été magnifique et brillante,
Par un ciel étoilé le forçant à veiller,
Rendant même son âme heureuse et bienveillante.

Le jour baissait, pourtant le souvenir durait.
L'enfant étant très faible, il resta sur sa couche.
Pût-il rêver que nul durement se montrait?
Que tous étaient pour lui d'une douceur qui touche?
Les fleurs, vrai trésor, tous ses grands maux chassait;
Elles l'avaient guéri. Bien que déjà fanées,
Elles ne pouvaient pas périr, il le pensait,
Quoiqu'il les vit pourtant tour à tour égrenées.

Mais demain, c'est bien sûr, on les verra fleurir... —
Au lever du soleil, enfant et fleurs si belles
Étaient bien morts, hélas! et chacun doit mourir,
Jeunes et vieux, selon les règles immortelles.

Sache bien, cher petit, que notre Créateur
Ne dédaigna jamais œuvre qui fut gentille,
Que l'amour commençant ici-bas tout bonheur,
Revit au ciel encor, et pour toujours y brille ! »

Ainsi l'ange parla : Puis alors doucement
Sur son léger fardeau pencha sa belle tête,
Pendant que cet enfant voit dans le firmament
De doux yeux dont l'éclat brillant sur lui s'arrête,
Et contemple les fleurs qui sont à son côté,
Se demandant quel est cet étrange mystère,
L'Ange radieux dit avec grande bonté :
« Moi, je fus autrefois cet enfant sur la terre. »

Dieu m'avait confié le soin de vous chercher ;
Cette mission est maintenant bien remplie.
Dans le cimetière, et non loin du haut clocher,
Se voit une tombe où la funèbre ancolie
S'unit à mille fleurs. Tout auprès s'aperçoit
Une tombe plus humble et beaucoup plus modeste,
Mais sans qu'aucune croix ait marqué cet endroit.
L'on passe et chacun prie ignorant qui là reste !

QUESTION DE FEMME

Avant que mon destin à toi seul soit livré,
Avant que dans ta main l'on ait posé la mienne,
Avant que l'avenir soit par toi coloré,
Avant qu'enfin mon âme à ton âme appartienne,
Interroge ton cœur à mon sujet ce soir,
Je le veux, il le faut, dis quel est mon espoir ?

Je brise mes liens sans l'ombre d'une peine ;
Serait-il un regret dans ton jeune passé
Qui, pour toi, deviendrait une pesante chaîne ?
Ou ton cœur serait-il dès ce moment lassé,
Quand le mien est encor pour toi toujours fidèle ?
Dis-le-moi franchement comme je t'interpelle !

Dans tes songes, est-il un tout autre avenir,
Où tu vivrais sans moi, sans que je le partage ?

Si c'est ainsi, tu dois vite m'en prévenir,
Avant que tout à fait mon âme à toi s'engage,
Avant que tout bonheur pour moi soit défendu,
Avant qu'un doux espoir soit désormais perdu.

Regarde encore plus loin dans le fond de ton âme
Si tu peux conserver, sans le moindre regret,
Une part de ton cœur pour moi quand, pauvre femme,
J'ai tout sacrifié pour ton seul intérêt ;
Ne m'épargne donc pas, et dis-moi tout, par grâce,
Et sans fausse pitié, ton silence me lasse !

Serait-il dans ton cœur un besoin que le mien
Ne puisse donc remplir, une corde sensible
Qu'une autre main ferait vibrer avec le tien ?
Parle-moi maintenant, afin qu'un jour possible
Ne vienne dessécher, tout flétrir dans mon sein :
Je t'en conjure, dis quel serait ton dessein.

Ton cœur renferme-t-il un esprit d'inconstance
Qui répande sur tout la gloire d'un moment,

Pourvu que ce puisse être une douce apparence?
Tu n'y serais pour rien; mais que ton cœur aimant
Soit l'égide du mien et soit mon sûr asile.
Tout sera pardonné; sois à ma voix docile!

Pourrais-tu quelque jour me retirer ta main,
Et me répondre enfin avec toute franchise?
Le destin et l'erreur d'un jour, c'est très certain,
Seraient seuls à blâmer : Qu'un autre le redise,
Calmant sa conscience ainsi, bien, quant à toi,
Je sais ce que tu veux, c'est de me sauver, moi!

Mais ne me réponds pas, je n'ose pas t'entendre,
Les mots viendraient trop tard; je veux qu'aucun remords
Ne vienne t'agiter, et je puis tout attendre,
Dût mon cœur en souffrir; quel qu'enfin soit mon sort,
Tu ne saurais être blâmé : reprends ton fier courage,
Car je veux tout risquer, quel que soit mon partage!

UN PAR UN

Un par un le sable s'écroule;
Une par une l'heure fuit :
L'une vient quand l'autre s'écoule.
A les saisir rien ne conduit.

Un par un les devoirs t'attendent;
Pour que ta force aille à chacun,
Que d'autres rêves ne commandent;
De ces devoirs n'omets aucun.

Une par une, toute joie
Ici-bas vient à nous du ciel;
Prends-les dès qu'il te les octroie,
Prêt à les fuir au moindre appel.

Un par un les chagrins t'arrivent ;
Mais ne les crains pas réunis ;
Si l'un vient, les autres s'esquivent,
Ce sont des brouillards indécis.

Ne vois pas les maux de la vie,
Mais vois combien est court chacun :
A les souffrir Dieu te convie;
Chaque jour il en naît plus d'un.

Toute heure qui doucement passe,
A sa tâche à faire, à souffrir;
La couronne est pleine de grâce
Si l'on sait les gemmes sertir.

Ne désespère pas des heures,
Déplorant le mal d'ici-bas;
Ne regrettes pas les meilleures,
Ni trop loin ne regarde pas.

Les heures sont anneaux d'or, gage
De Dieu montant toujours au ciel;
Mais pour que ton pèlerinage
S'achève, il est essentiel

Qu'une par une tu les prennes,
De peur que la chaîne ne soit
Rompue avant que tu reviennes
Au but que ton âme conçoit !

UN CŒUR QUI DOUTE

Où donc ont fui les hirondelles?
Mortes, peut-être, par le froid,
Sur d'autres rives plus cruelles...
O cœur, rempli de doute, étroit,
Sous le beau ciel qui les éclaire,
Elles attendent dans l'espoir
De cette brise salutaire
Qui leur permettra de revoir
Encor le logis tutélaire,
Rempli d'amour et de mystère.

Pourquoi doivent mourir les fleurs?
Elles sont sous la froide terre,
Sans soucis de pluie ou de pleurs. —
Cœur rempli de doute..., mystère!

Si leur sommeil dure longtemps
Sous la blanche neige d'hermine,
Pendant le règne des autans,
C'est pour sourire, je l'imagine,
Lorsque reparaît le printemps
Et vous plaire encor, je prétends.

Le soleil cache sa lumière
Tristement : les pâles rayons
Ne quitteront-ils pas la terre?
O cœur, plein de doute, voyons!
Plus haut, tous les nuages sombres
Voilent un ciel ensoleillé;
Le printemps en chassant les ombres
Réveillera l'été feuillé,
Du plaisir la gaîté dorée,
Sa marotte de fleurs parée!

La lumière est changée en nuit;
L'espérance si belle est morte,
Du désespoir la paix nous fuit :
Il n'est rien qui nous la rapporte...

Triste cœur, les belles étoiles
Reprendront leur splendide état,
Quand disparaîtront tous les voiles
Qui cachent encor leur éclat,
Les anges dans leur chant tranquille
Charmeront toute âme virile.

ÉCHOS

L'étoile au ciel brille à souhait;
La source murmure et bouillonne;
Mais la voix de l'ange se tait,
Voix que mon cœur affectionne,
Que j'entendis jadis longtemps,
Et l'écho, mais tout bas, répète,
De même qu'un ancien prophète :
« Jadis longtemps! »

Le bois solitaire est bien froid,
La fontaine agite son onde,
Le passé que mon âme voit
Avec sa joie aussi profonde,
Pour toujours s'est-il donc enfui!
Paix! car l'écho répète encore
Dans un accent grave et sonore
« S'est-il enfui? »

La nuit, l'oiseau se plaint souvent;
Comme lui, je chante ma peine.
Jours heureux dont je vais rêvant,
Vision douce et toujours vaine,
Pourquoi donc ne plus revenir!
L'écho dit de sa voix lointaine,
Triste et pourtant encor sereine :
« Plus revenir? »

Mais tais-toi, déplorable écho;
Jadis si j'aimais à t'entendre,
Aujourd'hui, mon cœur mort bientôt,
Au bonheur, si doux et si tendre,
Fait en pleurant tous ses adieux;
Ainsi qu'aux jours de mon jeune âge,
L'écho redit, mais sans courage :
« Adieux! Adieux! »

TABLE

www.ingramcontent.com/pod-product-compliance
Ingram Content Group UK Ltd.
Pitfield, Milton Keynes, MK11 3LW, UK
UKHW021037220726
13924UKWH00001B/365